歌　集

鳥の風景

佐波洋子

第１歌集文庫

絶好のスプリングボード

小高　賢

もうひとりの母に逢うべく父母と着きし「島島（しま）」という駅の小ささ
母ふたり父より先に吊橋を渡りてやさしき手招きをせり
母の影追いつ追われつ歩み来て秋の道祖神（くなど）にしばしぬかずく
幼子のわれのケープを落し来て母が忘れぬ瀋陽の駅

佐波洋子さんのこの一連が発表されたのは、たしか昭和五十七年一月であった。以前から親しい仲間として、冗談をいったり、酒をくみかわしながら文学論議をたたかわしていたが、彼女がこのような戦争の暗い翳をひいていることは、作品を読むまで知らなかった。昭和十八年旧満州国奉天（現瀋陽）に生まれ、ゆえあって二人の母親をもってしまった経歴は、パステルカラーの似合う彼女からは想像もできない。まして幼少期に病弱であった作者にとっては重い頸木のようなものであったろう。その二人の母が戦後四十年近くたって対面する。まるでドラマのような一瞬である。ドキュメントタッチの文体は読み手のイメージをかきたてていく。白いケープが眼裏に残る。真赤な夕日すら作品の補強物としてうかんでくるのである。「血族の誰彼のこと話し終えふっつり母は唇閉ざす」「野葡萄の実をびっしりと垣につけ意地強く母は棲み古りにける」といった、多く詠まれている〈母の歌〉はこういう経過から生まれてきているのである。この作品発表以後、作者の歌にかける姿勢は目立ってくる。過去に決着をつけるごとく対象に迫る作品が多くなってきたように思う。

従来より言葉のきらびやかさ、韻律の軽妙さ、色彩感は彼女の個性であった。それゆえ逆に、重くて、骨太な対象を選んだとき、より印象ぶかく読み手に迫ってくる。

物を食むきみの口中くらぐらと菊の花など含みてゆきぬ
単身赴任のきみ棲む部屋は整いてまれびとのごとわれは坐しおり
わが知らぬ管理者の貌もつきみの写真一枚わが手に余る
離れ住むきみ宛の祝電届きたる今日まぎれなし妻という位置

現在この「きみ」はある銀行の支店長として単身赴任中である。企業戦士の激しい闘いはいまさらいうべくもない。しかも合間をぬって参禅にかようという。そういう目の前にそびえている巨大な男の姿を、作者は三十一文字の力をもって描きつくそうとする。まるでおのれだけのものにしようとするかのように。いうならばこれは妻からの挑戦でもあるのだ。単身赴任の夫をここまで詠んだ作品ははじめてかもしれない。現代性をもったアクチュアルな歌群であろう。

作者は年齢的にやや遅く出発したので、歌人としてはいま青春期にある。くむべき井戸を深く掘ると同時に、詠むべき多くの素材が待ちうけているはずだ。二人のお嬢さんがいるとは思えないくらい、いまだ若い佐波さんにとって、歌集『鳥の風景』は絶好のスプリングボードになるにちがいない。

目次

沖ある海に

折おりを陽にまみれつつ降る雨は天の微塵と光（かげ）を頒けあう

苦く愛（は）しき若さもありていくたびの春の首なすラッパ水仙

潮鳴りの激しき夏の沖までを流さんか若き胸骨ひとつ

汗あえて峠（たわ）越えしともあそぶとも知らねど鳥の啼く声しきり

慶弔のネクタイ入れし抽斗を確かめて閉じる季節のはじめ

数かずの漫画揃えし茶房より疲れて五月の街に出でゆく

無花果の広らなる葉に雨は降り夫なるきみの只管打坐すや

一対の女男（めお）にて睡る闇あるにねむりの水際互みに視ざり

ヘラチョウザメ海の風説伝えむと長く寂しき唇（くち）を持てるや

僧堂は夜も日も閉ざす界あれば坐すほかはなしもはらなるきみ

見られたる夜叉の羞しさ口惜しさ剝落つづく金泥の眼は

わがもてる女面のうすき唇を洩れほほえみは終(つい)の愛執ならむ

慈愛などあるいは残酷な愛かとも修羅像の指一本欠けし

枕とうおかしきものを並べ置き安らぎの欲しききみを寝かする

縦横に竹の地下茎めぐりいる吾庭に生れよひかりも水も

放ちやることばも魂も戦ぎいて潮は濃ゆし沖ある海に

花満ちてわれは鬼拉のことば欲りやすらぎにまた遠ざかりたる

喚ばれゆく明日あるごと笹の葉を打ちて降る雨仰ぎに立てり

何故なぜ玩具

貝殻も春の桜も埋めたる埋立ての地に生れし黒蝶

あだは欲あわれは情とう宣長の「あしわけをぶね」はかどらず読む

寡黙守りきみひと匙を掬いたるヨーグルトムースの均衡崩る

〈何故なぜ玩具〉送られて来て遊びしを謎は解かずに箱に仕舞いぬ

夜目しろく茸萌えおりわが庭にいくばくの毒か秘められおらむ

添うてもこそ迷え迷えという声や閑吟集とはただにくるしき

まだきみに言わせぬ誓いあるなれど味噌田楽はぷるぷると食む

軽口にわれを躱せしきみの知恵見えて霜月月まだ太る

マリオネットしばし踊らせ踊りたる姿のままに部屋に吊せり

心とう捉えがたなきものをしも愛と呼びつつ並びて帰る

麦色の麪麭

夫と呼ぶひとを持つ身となり果てて卯月麦色の麪麭を食みいつ

物を食むきみの口中くらぐらと菊の花など含みてゆきぬ

不器用にきみと暮らせりふたりいる時さえきみを寂しくさせて

きみに七分われに三分の理のありて五分に言い張るを恕されていつ

単身赴任のきみ棲む部屋は整いてまれびとのごとわれは坐しおり

任地より任地へ発てる夫のため引越荷物三日で作る

心問われ言わねばなきに等しくてぽっかり大きな落日に遭う

草の匂い獣の匂いないまぜの夏庭低く屈みて刈りぬ

袋より一生出られぬ蓑虫の雌は如何にか己れ育む

朝夕に川に沿いつつゆくときの君の零せる失意は知らず

わが知らぬ管理者の貌もつきみの写真一枚わが手に余る

つねにわれ数歩おくれて歩む癖坂の途中をきみに待たるる

ものの芽の尖る晨をきみはまた風に脹み任地へ発ちぬ

きみよりも無償の愛の足りなくて一日早き死を恋うわれは

案内図の地下出口捜すかたわらにやや日焼けせし男現わる

冬の桜

三面鏡の捉える部屋の位置位置にわれの映らぬ空間をもつ

ふゆ苺胸に抱えて生きがたき死にがたきわれの陽溜りはあり

夏果ての雨に打たれて訪ねゆきし密教須磨の凶なるみくじ

寂しくて糧のごとくに喚びおこす人の憎しみ買いたることも

傷みやすきこころ抱く日は杳き日の母のごとくに雪のした摘む

銀杏実る祭りの夜の仮面（ペルソナ）もはがして吾に逢いにきたりぬ

人の祈りに焚く火おどろの密教の秋の不動は怒り足らざる

大仏の背の豊かさを巡りゆき人ひとり通す穴を覗けり

仏頭は切れ長の眼に微笑みて手足なきゆえ悠久を視る

貫かむ心ことばに替えしより修羅像千の眉を曇らす

思想より簡明にしてあかるかり幹硬く立つ冬の桜は

半跏思惟像ほそき肱つき目瞑ればば天涯の孤独わがものとせり

光年をとどきて近き昴星呼びてこの地にこの冬ひとり

時にして荒ぶこころのあるなれば冬の桜を揺らしつつ佇つ

点描

しろじろとやせたる夏の月描くと鉛筆の芯とがらせにゆく

すんすんと竹伸びゆきぬ是非もなくいのちもつもの象（かたち）するどし

識るのみのきみの輪郭或る時は点描にして光の印象

顔あげてきみへと対かう雨上りしばしを晴れてしばしを曇る

海岸線切れたる丘に波音がもっとも高く寄せて響けり

ナイルの水汲みたる壺を頭にのせて女の瞳ふかぶかとなる

跫音をさせぬけものの庭に来て眼の問いしばしわれと交わせり

花の暈くぐりて来たる丘の上に花より優しく傘はひらけり

線太き輪郭にきみを描くときルソーの森の緑を恋うる

夏を経しゴムの繁りを部屋に置き誰が充足か昏昏とする

待たれいる身にはあらねどダイヤルをまわせば未明の音流れいる

ほおずきの風

置き去りにあいし真昼を売られいし白きはかなき鷺草の花

死を思う母のうなじの細ければ背負われしわが喉も細れる

幼日の母が遊びし浜に佇ち何捨つるべきわれかと思う

刃物研ぎ訪い来し真昼わが裡に寂かに滅ぶる刃のありぬ

こぼしたる白き錠剤かきあつめ致死量というもふいに親しく

信仰篇倫理篇われの逃亡篇追憶のように埃払えり

白きその胸に切りたる冬の風かもめ鋭く一声鳴けり

列車去りし鉄路をよぎる蝶ありて生死(いきしに)もいとかろがろとせる

ほおずきの中身出したるがらんどう少女のわれの風鳴りており

鯨骨の標本見たる少女期に胸病みてより寂し潮(うしお)は

ちちははを思えば熱き胸丘をあまたのきりん夢に越えゆく

晒されていたりしわれの胸部写真くるしみはひとつ空洞なせり

血族の頸ほの白く並び立ち祖父の忌日のまためぐり来ぬ

なわとびの大波小波越えて来ておいてきぼりのわたくしの過去

石けりのまるや四角の消えし路地もう母の呼び声もせざれど

限りなく寂しき記憶溜めおれば夜のブランコに乗せてやりたり

わが肺の影のごとくに小さき葉が隈なく月に曝されている

擦り切れし跳び箱の馬北風にある夜たてがみひるがえしおり

透きとおる秋の夕やみ映したるアロエのしずく掌にしたたらす

還らざる地

山葵田の水さわさわと流れおり母の痩身きらりと若き

ひとを恋うかなしさかはたきらきらと母の信濃の林檎を嚙めば

はつなつの母汲む井戸の水冷えて朝（あした）ふたりの皿を洗えり

幼子のわれのケープを落し来て母が忘れぬ瀋陽の駅

とおくより手を振りながら近づける母あれば晩夏あまねくまぶし

大根の透けたる白さはりはりと食みつつ深き積雪はきぬ

母の影追いつ追われつ歩み来て秋の道祖神（くなど）にしばしぬかずく

母のもつ訛のひとつ耳底に〈そうかや〉とふいに聴こえてきたる

母が来てまた帰りゆく道の角標識灯の赤く濡れいつ

動きつつ霧は山なみ顕にしみどり昏しも信濃の山は

還れざる還らざる地をもつゆえに誰よりふかく雪を踏むはは

野葡萄の実をびっしりと垣につけ意地強く母は棲み古りにける

ひとふゆを守りし橙色のペーチカを忘れめや母の瀋陽の家

幹太く伐りしいちじく年輪をあふれて樹液とめどなかりき

幾春の花に埋めて縮め来し母とわれとの往反の距離

水に咲きつぐ

春蒔きの種子まき終えて確実な明日（あした）の欲しきてのひらふたつ

遊侠伝まぼろしのごとく読む父に五月のあやめ水に咲きつぐ

父の背の傷疼き出す季節きてしまいおきたるランプをみがく

夜の空に聳えて照れば銀杏の樹黄葉ただにすさまじきかな

今更に帰りたしとは思わねどはるばる離れし父母（ふも）ある武蔵野

父の悔母の罪埋め花散ればにおうばかりぞ夏草の闇

父のもつおのこの嘆き風の音聴きて一夜（よ）は禽よりも覚む

まだわれを庇う力ある父の腕いちじくの枝運び去りたり

父の詩のそのつづきにて椿の木椿の花をつけてこの冬――

抱き人形オルゴールわがアルバムも忘れ置くなり父はははの家

たんぽぽの萌え出し野辺を帰り来しわが土踏まずいたくあかるし

母の巻貝

さらし粉に晒す木綿のすずしさも澄みゆく秋か母老いましぬ

年ごとにことば少なくなる母の仄かに昏き巻貝莵む

愛憎も夕映のごとく訪れて母は寡黙に髪を結いあぐ

さかしらに母を叱りて言い勝てば母の日傘のわずかに傾ぐ

冬薔薇咲きたる晨の峡に荒れ鎌鼬母を傷つけにける

黒潮に研ぎきし若きこころさえ捨つるなく遂ぐるなく老いましし母

母の背のゆるき曲りも伸ばしつつ残照ひかる菜の花の畑

大章魚の足を日毎に切りし女を語りいし母よ母は何断つ

八岡（よおか）浜・おせん転がし・宗吾郎母の故郷に哀話のみ多し

四十の母の白髪を抜きていし母の母在りし海みゆる部屋

故郷の潮に焼かれし手や足を戦がせてゆるき坂くだる母

麻の帯〆めていでゆく母の背にくしみ深くひとを愛せり

山高帽被りし父の挙手の礼潔(きよ)き支えとなして母生く

父ゆえの父の知らざる泪などぬぐえば母の黍畑ひかる

血族の誰彼のこと話し終えふっつり母は唇閉ざす

水　系

河よりも低き街衢を見渡して春深む日の渇きにおりぬ

赤まんま摘み溜めてあかきわれの手の真に飢えたることのありしや

祖父の忌を生きむわれらに韮の花白一群のあかるさに咲く

ロウソクに寄り合う家族の影なども揺れつつしばし闇はゆたけし

春の海鼠食みつつわれに済まぬことひとつのありて酢にむせびいつ

百合の花食みし黄昏汗ばみて母と平行の一生（ひとよ）も思う

ありありと血の濃きものの貌みえて頭上に白く桜花咲（ひら）けり

光彩のややに衰えし墓の辺にうから等の影曳きて歩める

肉親の縁（えにし）をうすく生れ来し掌に透けて啼くつくつくほうし

もう啼かぬもうなかぬとぞ啼き続け滅びし蟬の夏のもろ声

草笛を吹けば昨日の悔しさも野の向うにて振り向くごとし

愛憎の千の岐路もつ水系をこの身ひとつにもちて冬越す

矢印を多くもちたる十字路の先なる道はわれひとりなり

十薬を干しつつ母が語気強くもの言うくせをふいににくめり

咲き終えしみやこ忘れを根分けする優しさはわれの手より起こさむ

鳥の季節

あくがれも束の間眠れ禽たちの閉じたる翅のゆうやみのなか

八つ手の葉露をこぼせり夕闇はそこより深き奈落のごとし

人に語ることばなければとりあえず禽のことばで禽と話そう

愛というふたしかなもの生れいずる予感に薊の棘ひかりつつ

鳥籠におぼるるごとく鳥一羽つばさふるわせ広げていたり

わが抱きて帰る卵のほの紅く染められており東（ひんがし）の虹

電灯を消せばかそかな悲鳴あげそれよりインコの夜ふかみゆく

繁殖の季節にこもる日日（にち）を巣箱のインコ尖りてゆきぬ

天と地の一期の秋を実りたる七竈ひたに炎ゆるほかなく

神無月つぎつぎ雛を産む鳥を傍らに飼いやさしくなりぬ

雷鳴の遠き夜半を細き首伸ばして翔べる鳥一羽見ゆ

眼底の湖

風船かずらつたなく青く吹かれいし一夏のこころひとに見するな

踊子草水辺にひかる白昼を彼岸あるごと水すましゆく

きわまりて樹に溢れたるかなしみの花は咲かせて木犀匂う

花野菜抱えてかえる夕昏を空に堪えいし闇こぼれくる

サングラス購わずに過ごすこの夏の伏せてまぶしき眼底の湖

肩うすく我があゆめばわが肩に余りて晩夏のひかり動けり

人は人の心に添うと思う夜を撓いて未央の柳打ち合う

なおひとに伝うるなげきあるごとくヴァイオリンの弦張りて——秋

仄白き雨後の夕べを鳥籠の鳥ら一様に北を向きいる

油のごとく眼薬させば向日葵の濡れて揺れおり昼のガラスに

ひるがおのうすきさびしさ摘みゆけばひるがおは掌にあふれゆきたり

弾きかけの曲の震音終らねどわが秋の弦掌にて押さうる

おおかたはわが播きし種にまじりつつ鳥が運びて実りたる種子

肩越しの海かがやけばかの夏の失いし鍵（キー）も漂いおらむ

一杯の紅茶注ぐに砂時計置かれゆきたり日暮の茶房

鬼罌粟の花

折紙の舟ひとつ折り暗き夜を母と異なる岸辺へ発たす

饒舌な冬の谿流みかえればさながらに死のかがやきみする

もうひとりの母に逢うべく父母と着きし「島島(しま)」という駅の小ささ

決着のひとつのごとく相寄りて父・母・継母・蜂の子を食む

母ふたり父より先に吊橋を渡りてやさしき手招きをせり

踏み込まず踏みこまれざる線あるを渚と呼べり海の終章

きぼうをも絶望をも抱きし母の素手シャツを干しつつ翼のごとし

幸いを繫げるように繫げゆく花形のレースひかりを零す

遠景になりたるものを愛しめば失意も祈りのごとくしずけし

母ゆえの嘘などもちて虚と実のあわいを咲かす鬼罌粟の花

菊はいま盛んなる香に咲き満ちて分け入れば秋凜とさびしき

日常の街

明日発たむここなる日常わが部屋にいのち平たく睡りにつける

あかあかと火縄の火など移したる竈のありてわれ女なる

埋立てのわが街に多き夾竹桃塩より濃ゆき花粉を撒ける

凡庸という涙ぐましき語を想い吾はもはらに牛蒡を削る

休日の我を養い竹の子を掘れば地下茎すずしすぎたり

この家の筆頭者われきみの居ぬ二度目の秋の眉濃(こゆ)く描く

またわれを遠くなりたる赴任にてつつまし夫にまみゆることも

花なべて隣家におくれ咲く庭に狐のかみそり昨年より増えぬ

プラットホームに吾を出迎えるネクタイの男すずしき肩を傾く

離れ住むきみ宛の祝電届きたる今日まぎれなし妻という位置

白つめ草無数に出でしをひき抜けばわれにぶ厚き夏雲の湧く

地平ひとしく

鬱憂の鬱などゲラに朱を入れし一日の果てを春雷に遭う

一献の訣れ男（お）にあり女（め）にはなしまこと友情のかなしみに堪え

丘陵をもたざるわれの埋立地地平ひとしく夕昏は来ぬ

咲かすため日がな眺めて陽と水と乾きと与えるベゴニアの鉢

朝の窓薄陽の中を黒蟻の白色の卵運ばれゆけり

中天の月のあかるさ追い抜きてひた濃くわれの影踏みゆきぬ

曝さるる身内あるごとビニールの傘傾ける昼の驟雨に

北へ南へ荷は運ばれて上野駅鉄路はひかる時間のごとし

巻貝ひとつ旅のみやげに貰いしをひとりになりて角笛にする

わが睡る街の底ひを走りいる塩含む水に雨季の海匂う

全身を樹樹のごとくに睡らせて簡明に昏れたきいのちと思う

眠りしときに

まこと飢えたることなどはなし真昼来てまぶしみて買う泥葱の束

泣きそうな吾子と見ている桃色の空風の又三郎居らずや

夕茜つつむ街並望む子ら鳥のようなるまばたきをせり

少女ふたりわれの視界をふと出でてまた戻り来ぬそよぐごとくに

夢の中にいつも泣いてる吾子のいて母のこころを捉えてやまぬ

向き向きの枕に子らの幼さを覗きておりぬ今日のおわりに

ふたり子の髪漆黒に眠るときオーウェルよりも明日を信じき

まだ足りぬ落し穴など作りいる神の遊びをなす幼らは

細き指に絡ませ握る草の蔓眠りしときにはずしてやりぬ

柿の葉のひかる五月をさみどりの血は濃くわれや子に伝えたる

夕凪の海に沿いつつ乳母車押しゆけど子は眠らざりけり

鉄の雉子

夏水仙自（おの）がくれない深く裂き苦しきごとく花を咲かせぬ

翔びたたぬ鉄製の雉子読みかけのページに置かれ日昏となりぬ

待つことながき吉事もありてこの春を鷽替（うそかえ）神事信ずるもよし

春遅し春遅しとぞ降りやまぬ雪を浴みつつ苦し若さは

昼火事の跡に佇ちおればなまぬるく燃えきらぬもの風呼びており

何欲ると言えば名もなく君を欲り千秋われは言挙げもせず

きみの寡黙われの饒舌濡らしつつ日暮の傘をまわしていたる

ものを書く机上に小さき風生れぬたどきなき意志つかさどるごと

寂しさをふたりの孤独となしてきていま歳月の風化に堪うる

パンを捏ね心を灼きてあつければ北側の窓少し開けおく

いつにても戻れる道と思いたる錯誤も照りて夏あつきかな

時かけて書きつらねゆく詩（うた）もてば子は唐突に膝に重たし

夕焼けの灼け落ちてゆく葦原は鳥が翔びたつ拠点のごとし

事後報告手短に言う電話にて足るも足らぬも別居のわれら

折鶴蘭あまた吊して寂かにもわれにもくろみの冬は来れり

あとがき

いつの場合もことばは心に及ばない、そんなもどかしさを感じながらこの詩型に惹かれて来た。なぜこの詩型かと問われれば制約があるから、というごく当たり前のところに私の歌の出発はあった。削ぎ落としてこれ以上は削ぎ落とせないというところに残ったものが、詩的本音だと思っている。

愛や日常や生い立ちを歌うことが、単なる慰藉であってはならない。詩的空間をどれだけ広げてもつことが出来るか。現実に根を据えながらどのようにその空間を飛翔出来るか。自分の意志で歩いて来た風景と、それ以前の決して単調でない生い立ち、自身の引き摺っているものをどのように回収し得るかということは、この詩型にすっぽり呑みこまれながら、むしろそれを逆手にとって飛翔を果たせたらという希いと、軸を一つにするものである。

外はもうすっかり秋である。この澄んだ空間に深く呼吸しつつ、いくたびも飛翔を試みてゆく鳥であろうと思う。

常に厳しく温かく今日までお導き下さった馬場あき子先生、岩田正先生に深く感謝し、今後の一層の努力を誓いたい。

また、お忙しい中を快く解説をお引き受け下さった小高賢氏にも心より御礼申し上げる。

末筆ながら、これまでお世話になった多くの友人、牧羊社の方々にも改めて御礼申し上げたいと思う。

一九八五年九月十八日

佐波洋子

解説　鳥に託すもの

谷岡亜紀

佐波洋子の第一歌集『鳥の風景』にはすでに、故・小高賢によるコンパクトだが行き届いた跋文が付されている。私のこの文庫版解説は、それと併せてお読みいただければと思う。

本書の巻末の略年譜によると、著者佐波洋子は昭和三十八年、十九歳のときに短歌と出会って作歌を始めたという。そしてその二十三年後の昭和六十一年、四十三歳のときに、牧羊社の「新鋭歌人シリーズ」の一冊としてこの『鳥の風景』は出された。牧羊社の同シリーズについては、いくつかの思い出があるが今はそれは置く。いずれにしてもこの歌集は、四十三年間の人生の思いのたけが、作歌を始めてから二十三年という長い年月の作品の積み重ねとして集約された、濃密な一冊であると言える。

実際、略年譜を辿ると、経て来たその人生の変転にしばし言葉を失う。「苦労」といった言葉がどこにも用いられていないだけに、かえって胸にしみじみと迫るものがある。あるいは著者には、小説を書くという選択もあったかも知れない。しかし佐波は、小説ではなく短歌を選んだのである。そしてこの歌集が生まれた。作品を見てゆこう。

死を思う母のうなじの細ければ背負われしわが喉も細れる
ひとを恋うかなしさかはたきらきらと母の信濃の林檎を嚙めば
とおくより手を振りながら近づける母あれば晩夏あまねくまぶし
還れざる還らざる地をもつゆえに誰よりふかく雪を踏むはは
父の背の傷疼き出す季節きてしまいおきたるランプをみがく
愛憎も夕映のごとく訪れて母は寡黙に髪を結いあぐ
麻の帯〆めていでゆく母の背にくしみ深くひとを愛せり
肉親の縁（えにし）をうすく生れ来し掌に透けて啼くつくつくほうし

「あとがき」に言う「決して単調でない生い立ち」「自身の引き摺っているもの」が歌われる。それらの事情は略年譜に譲るが、注目したいのは、これらの作品において、生な感情は昇華されて、かなしみの原形のようなものだけが淡い色調で定着されていることである。最後から二首目の「にくしみ深くひとを愛せり」という強い言葉でさえも、いわば恩讐の彼方を望むような、純化された響きがある。まさに最後の歌にある「透けて啼くつくつくほうし」のように。それと呼応するように

「あとがき」には「愛や日常や生い立ちを歌うことが、単なる慰藉であってはならない」という言葉が置かれている。

　ほおずきの中身出したるがらんどう少女のわれの風鳴りており
　鯨骨の標本見たる少女期に胸病みてより寂し潮（うしお）は
　晒されていたりしわれの胸部写真くるしみはひとつ空洞なせり
　なわとびの大波小波越えて来ておいてきぼりのわたくしの過去
　限りなく寂しき記憶溜めおれば夜のブランコに乗せてやりたり

少女期。肺を病む少女は、鯨骨の標本の太いあばら骨を見て、悲しみをその胸の空洞一杯に溜める。がらんどう。木枯らしのようなその言葉は、いつも少女の心に寂しく鳴り響いていただろう。まだ小学生である。

　苦く愛（は）しき若さもありていくたびの春の首なすラッパ水仙
　潮鳴りの激しき夏の沖までを流さんか若き胸骨ひとつ
　春遅し春遅しとぞ降りやまぬ雪を浴みつつ苦し若さは

こちらはもう少し長じて、青春時代の歌だろう。若さを苦しさとして研ぎ澄ましてゆく清潔な苦悩に、教養小説の趣がある。
　これらの作品が歌集『鳥の風景』に歌われた〈過去〉だとすれば、この歌集の時点での〈現在〉をなすのは次のような歌である。

　一対の女男（めお）にて睡る闇あるにねむりの水際互みに視ざり
　見られたる夜叉の羞しさ口惜しさ剝落つづく金泥の眼は
　わがもてる女面のうすき唇を洩れほほえみは終（つい）の愛執ならむ
　まだきみに言わせぬ誓いあるなれど味噌田楽はぷるぷると食む
　心とう捉えがたなきものをしも愛と呼びつつ並びて帰る
　きみよりも無償の愛の足りなくて一日早き死を恋うわれは

愛を見つめ、女として、女性としての生を見つめ、そしてそれらを問う歌である。
そしてここで注目しておきたいのは、そうした歌が次のような歌と共にあることである。

　ふゆ苺胸に抱えて生きがたき死にがたきわれの陽溜りはあり
　光年をとどきて近き昴星呼びてこの地にこの冬ひとり
　矢印を多くもちたる十字路の先なる道はわれひとりなり
　ひるがおのうすきさびしさ摘みゆけばひるがおは掌にあふれゆきたり

一首目は、端的に自身の人生・生き方を問う歌。景と思惟とが重ねられたこうしたタイプの歌が、作者のひとつの特質であると言える。それについては、あらためて作品個々に当たって確認していただければと思う。二首目、三首目は、「ひとり」を歌った歌。かつて「おいてきぼりのわたくしの過去」と歌った少女の頃の思いが、大人になった作者の心のどこかに揺曳しているのであろうか。ただ歌の調べには、きっぱりとした印象がある。四首目ではひとりあそびの時間の簡素な充実が詠われる。孤の華やぎと言ってもいいし、自愛の華やぎと言ってもいいだろう。

ここまで歌集における〈過去〉〈現在〉の歌を辿って来た。最後に〈未来〉への思いを取り上げておきたい。

春蒔きの種子まき終えて確実な明日(あした)の欲しきてのひらふたつ

草笛を吹けば昨日の悔しさも野の向うにて振り向くごとし

遠景になりたるものを愛しめば失意も祈りのごとくしずけし

鳥籠におぼるるごとく鳥一羽つばさふるわせ広げていたり

雷鳴の遠き夜半を細き首伸ばして翔べる鳥一羽見ゆ

過去はいま遠景となり、淡く静かな愛の光の中にある。そして鳥籠の中でつばさを広げて予感に震えていた一羽の鳥は、いま細き首を前へ前へと一杯に伸ばして、未知の夜明けに向かって飛翔するのである。

佐波洋子略年譜

昭和十八年（一九四三）
七月七日、中国瀋陽（旧奉天）に生れる。父、田村源次郎（群馬県出身）。母、より子（長野県出身）。出生と同時に源次郎の兄太平の長女として入籍（以後、父と呼ぶ）。

昭和十九年（一九四四）　1歳
事情により母は日本に帰国。私は父と祖父母と兄（父の長子で当時二十歳）、身障者の伯母と同居するが、兄は軍事教練で体を壊し結核で亡くなる。私も肺炎、消化不良などに度々罹り病弱で、母の友人よし子に何かと世話になる。

昭和二十年（一九四五）　2歳
ジフテリアに罹り、よし子が背負って病院へ行くが戦況悪く入院出来ず、リンゲルを打ち帰される。父、四十歳にて日本の最後の召集令状により出征。ソ連軍の満州侵攻。敗戦。父は捕虜となりシベリアへ。その時、満鉄にいた時の中国人の好意で、奉天（現瀋陽）にて護送列車の父に窓越しの面会が許された。父は、私を抱いた母の友人よし子に私を日本へ連れて帰ってくれないかと頼む。よし子は私を連れて引き揚げ、郷里の千葉県安房郡鴨川町の小さな観音堂の一室を借りて暮らす。

昭和二十三年（一九四七）　5歳
父シベリアより帰還。先に引き揚げていた祖父母、伯母らと共に東京都南多摩郡稲城村（現稲城市）に落ち着き、よし子と私はそこに呼ばれる（以後、母と呼ぶ）。

昭和二十五年（一九五〇）　7歳
東京都南多摩郡稲城村立第一小学校に入学。親の仕事の都合で立川と稲城長沼を南武線で往復しながらの通学。一年生の秋から肺浸潤で六ヵ月間休学。その後も断続的に発熱し、欠席を繰り返す。体育の授業は五年生まで見学。六年生になって初めて運動会に参加。病気がちだった為、知り合いのお姉さんの家にあった児童文学全集に親しみ、シュトルムの『白馬の騎士』などは特に好きだった。立川には映画館も沢山あり、そのお姉さんによく連れて行ってもらい、東映時代劇を始め、大映、松竹の他、多くの洋画も観て、戦後の欧米の文化の香りを子供ながらに浴びていた。

昭和二十九年（一九五四）　11歳
四年生の頃、突然、生母が我が家を訪れ、母の友人として紹介されたが、この人が生母であると認識した。（三年生の頃に叔母キヨから私の母が実母でないと聞かされていたが、高校卒業まで聞いたことは親に黙っていた。）父の入院による離職。その後父は職に就くことはなく、母が生計を支えた。

昭和三十一年（一九五六）　13歳
村立稲城中学校へ入学。翌年、稲城村は町になる。国語の教師に勧められ、文化祭に岡本綺堂原作の演劇に出演。部活動の文学部で詩を作り出す。

昭和三十四年（一九五九）　16歳
東京都立神代高等学校（旧府立第十五高女）に入学。文芸部に在籍。国分寺市に転居。三年の時、就職の為に戸籍謄本が必要になり、母から実母でない事を告げられる。

昭和三十七年（一九六二）　18歳
都立神代高校卒業（第十四期の卒業）。三井信託銀行に入社し、本店営業部財務相談室に配属。三ヵ月後、総務部秘書課に移動。

昭和三十八年（一九六三）　19歳
「コスモス」の若手だった奥村晃作、高野公彦らの同人誌「Gケイオス」を職場の友人が又貸しの形で貸してくれたのを見て初めて現代短歌に触れ、大きな感動を得た。それを契機に五十首ほどを作ったのが作歌の初めとなる。友人を介して本の持ち主である「コスモス」の会員から添削指導を受けるようになる。

昭和四十年（一九六五）　21歳
三月末にて退社。四月、佐波宏行と結婚。大田区久が原に住む。作歌を中断。

昭和四十一年（一九六六）　22歳

国分寺の実家の近くに転居。長女誕生。購読していた羽仁もと子創刊「婦人の友」の短歌欄に投稿し、宮柊二に秀逸で採られその後の細々とした作歌につながる。

昭和四十四年（一九六九） 25歳
次女誕生。

昭和四十五年（一九七〇） 27歳
千葉県習志野市に転居。「婦人の友」の「友の会」に入会し、家事家計講習会の司会。

昭和四十六年（一九七一） 28歳
夫の転勤で名古屋に住む。「婦人の友名古屋友の会」に転入。画家のアトリエに通い水墨淡彩画を習う。

昭和四十八年（一九七三） 30歳
夫の本店への移動で、習志野の自宅に戻る。「友の会」退会。近所の友人と公民館の短歌サークルに行く。指導者は「まひる野」の北原弥生。

昭和五十一年（一九七六） 33歳
「まひる野」の秋山周子が同じ町内にいて、習志野支部に誘われる。「まひる野」に入会。

昭和五十三年（一九七八） 35歳
朝日カルチャーの馬場あき子の短歌講座を受講。五月、馬場あき子「かりん」創刊。七月、「まひる野」を退会。八月、「歌林の会」に入会。「かりん」の校正を手伝う。「かりん」若手の勉強会「新宿の会」に参加（小高賢、青井史、今村すま子、平林静代、刈谷誠、桂塁ら）。

昭和五十四年（一九七九） 36歳
「かりん」第一回全国大会（於・伊東の「那古野」）に参加。以後、毎年参加。

昭和五十五年（一九八〇） 37歳
「かりん」十一月号の作品特集に。

昭和五十七年（一九八二） 39歳
体調を崩し、朝日カルチャー受講を中止。『四季の歌』夏の歌に塚本邦雄『水銀伝説』の一首を鑑賞（編馬場あき子、三枝昻之、岩田正）。

昭和五十八年（一九八三） 40歳
月に一回の三越文化センターの馬場あき子短

歌講座を受講し、受講生の研究会「うつぎ会」を発足させる。

昭和五十九年（一九八四）　41歳
京都に単身赴任中の夫を尋ねた折に「歌うならば、今―京都春のシンポジウム」に出席。

昭和六十一年（一九八六）　43歳
一月、第一歌集『鳥の風景』（牧羊社・第二回新鋭歌人シリーズ）刊。「俳句とエッセイ」（昭和61・2）に小池光による歌集紹介。「かりん」六月号評論「日常の中の空間意識」執筆。「かりん」七月号で『鳥の風景』批評（松平盟子・三枝浩樹・重本千代・志田敏彦・伯井新執筆）。

昭和六十二年（一九八七）　44歳
七月、中野サンプラザにて合同出版記念会（久我田鶴子、木本寿、松本健輔）。「千葉市歌人グループ」に参加。藤田武の率いる超結社のグループで加倉井只志、関原英治、河野愛子らに出会う。

昭和六十三年（一九八八）　45歳
五月、「かりん」十周年記念全国大会（飯田橋エドモンドホテル）。歌林の会の事務委員になる（平成二十年まで）。

平成二年（一九九〇）　47歳
一月、実父源次郎死去（八十歳）。「うつぎ会」がかりんの支部になる。九月『岡井隆の短歌塾』鑑賞編㈤に石本隆一を執筆（六法出版社）。十月、「かりん」百五十号記念特集「かりんの歌人たち」に、下村道子論「貨車の走る風景」執筆。池田由美子による佐波洋子論「『生い立ち』と二つの風景」掲載。十二月、短歌教室「波」開講。

平成三年（一九九一）　48歳
二月、『馬場あき子の世界』執筆に参加（短歌ふぉーらむ社編・六法出版社）。十月、第二歌集『光をわけて』（雁書館）刊。

平成四年（一九九二）　49歳
七月、長女結婚。箱根に一泊し日高堯子歌集『牡鹿の角の』批評会と連歌遊びをする（日高の他、小高賢、田村広志、高尾文子、草田照子、寺戸和子、清見糺)。

平成五年（一九九三）　50歳
五月、アンソロジー『ＵＴＳＵＧＩ』刊行。
七月、『戦後歌人名鑑・増補改訂版』（短歌新聞社）に収録。八月、京都にて「かりん」第十五回記念全国大会の歌評団に加わり、その後も断続的に加わる。現代歌人協会会員。

平成六年（一九九四）　51歳
「かりん」前月号作品鑑賞メンバーに加わる。
九月、『同世代女性―歌のエコロジー』（角川書店刊、古谷智子と共著）。

平成八年（一九九六）　53歳
一月、父老衰にて死去（九十二歳）。同日、孫の桃佳誕生。四月、「波の会」別所温泉一泊吟行旅行。

平成九年（一九九七）　54歳
九月、第三歌集『秋草冬草』（ながらみ書房）刊。日本歌人クラブ入会。

平成十年（一九九八）　55歳
『秋草冬草』により日本歌人クラブ南関東ブロックの第一回優良歌集賞受賞。五月、『馬場あき子百歌』執筆に参加（歌林の会編・三一書房）。七月、生地、中国東北部を訪ねる。

平成十一年（一九九九）　56歳
千葉歌人グループ選者（平成十九年まで）。

平成十二年（二〇〇〇）　57歳
六月、『現代短歌事典』（三省堂）に収録。七月、現代歌人協会、西洋美術館の共同企画「西美をうたう」に参加（課題はギュスターヴ・モローの「牢獄のサロメ」）。古谷智子と英仏を巡り、モロー美術館を訪ねる。

平成十三年（二〇〇一）　58歳
千葉県歌人クラブ選者、理事。「波の会」房総鴨川一泊吟行旅行。

平成十四年（二〇〇二）　59歳
三月、「波の会」合同歌集『波』刊行。

平成十六年（二〇〇四）　60歳
五月、夫、脳腫瘍の一回目の手術。その後再発を繰り返し、三回目の手術で左手麻痺となる。

平成十七年（二〇〇五）　62歳

三月末、習志野市から横浜市に転居。五月、母よし子死去（九十一歳）。五月、日本歌人クラブ中央幹事に選出される。横浜歌人会入会。

平成十八年（二〇〇六）　63歳

一月、アンソロジー『横浜の歌人たち』に参加。二月、千葉県市川市にて日本歌人クラブ「第一回現代短歌セミナー」のパネリスト。三月、千葉県歌人クラブ選者、理事を辞任。四月、「第二回現代短歌セミナー塩尻」の司会。ＮＨＫ学園短歌添削講師になる。五月、千葉県歌人クラブ「千葉歌人」の特集〈人と作品〉に取り上げられる。七月、第四歌集『羽觴のつばさ』（砂子屋書房）刊。八月、文藝家協会会員になる。

平成十九年（二〇〇七）　64歳

一月、千葉県歌人クラブにて講演。二月、「ＮＨＫ短歌」に〈新歌人群像・館山一子〉を書く。四月、日本歌人クラブ新人賞選考委員。以後、各賞のいずれかの選考委員を務める。五月、「日本歌人クラブ北海道セミナー」に応援参加。十一月、「国民文化祭とくしま」の選者。

平成二十年（二〇〇八）　65歳

日本歌人クラブ六十周年記念行事（於・山形）の司会。日本歌人クラブ「現代万葉集」の編集が独立し、担当となる。十二月、調布市東部公民館にて短歌講座「まったく初めての短歌～感動をことばに」（全四回）の講師。

平成二十一年（二〇〇九）　66歳

二月、「東部短歌の会」開講。「みどり短歌会」開講。三月、うつぎ合同歌集『ＵＴＳＵＧＩ』刊行。五月、「かりん」選歌委員。六月、横浜歌人会創立40周年・横浜開港１５０年記念『アンソロジー横浜２００９』に参加。

平成二十二年（二〇一〇）　67歳

九月、「田園都市の会」開講。十一月、「岡山国民文化祭」選者。横浜歌人会運営委員。

平成二十三年（二〇一一）　68歳

二月、現代短歌文庫『佐波洋子歌集』(第85回配本・砂子屋書房)刊。三月、東日本大震災。帰宅困難になり「救世軍」の教会にて過ごす。五月、木曾の老人施設に生母を見舞う。

平成二十四年(二〇一二)　69歳

一月、生母より子死去(九十歳)。七月、山梨県郡内短歌大会選者。山梨日日新聞のインタビューを受ける。八月、第五歌集『時のむこうへ』(角川書店、「短歌」創刊50周年企画・21世紀歌人シリーズ)刊。九月、日本歌人クラブ北関東ブロック大会にて講演「ことばの力」。十一月、群馬県歌人クラブ秋季短歌大会選者。東部短歌の会合同歌集『欅』刊行。十二月、夫、脳腫瘍四回目の再発により手術。『時のむこうへ』・古谷智子『立夏』二歌集を語る会(世話人・沢口芙美、古谷円)。

平成二十五年(二〇一三)　70歳

「歌壇」の読者歌壇選者(四月号～七月号)。四月、神奈川県歌人会春の大会講評。以後毎回、大会講評。五月、『時のむこうへ』により第四十回日本歌人クラブ賞受賞。七月、山梨県郡内短歌大会選者。九月、「渋谷会」開講。

平成二十六年(二〇一四)　71歳

一月、夫、脳梗塞で緊急入院。二月、小高賢逝去、通夜に参列。三月、夫、五回目の脳腫瘍再発により手術。四月、夫、首への転移により手術。叔母田村キヨ死去。故・藤井常世の教室「ふじわ短歌会」の講師。五月、日本歌人クラブ中央幹事を九年の任期満了により退任。六月、「八千代短歌会」講師になり、「波の会」を合流。

本書は昭和六十一年牧羊社より刊行されました

歌集 鳥の風景 〈第１歌集文庫〉

平成27年５月31日 初版発行

著 者 佐 波 洋 子
発行人 道 具 武 志
印 刷 ㈱キャップス
発行所 **現 代 短 歌 社**

〒113-0033 東京都文京区本郷1-35-26
振替口座 00160-5-290969
電 話 03（5804）7100

定価720円（本体667円＋税）
ISBN978-4-86534-098-3 C0192 ¥667E